UN JOUR A DIEPPE,

APROPOS-VAUDEVILLE.

UN JOUR A DIEPPE,

APROPOS-VAUDEVILLE,

DE

MM. A. DE St-HILAIRE, F. DE VILLENEUVE, Ch. DU PEUTY et F. LANGLÉ.

Représenté devant Son Altesse Royale Madame la Duchesse DE BERRY, *le 10 Août 1824, par les Comédiens du Gymnase dramatique, à l'occasion du séjour de la Princesse aux Bains de Dieppe.*

ROUEN,

IMPRIMERIE D'ÉMILE PERIAUX FILS AÎNÉ,
RUE PERCIÈRE, N° 26.

1824.

PERSONNAGES.

Mᵐᵉ DE ROSAY............ Dame de Dieppe.

M. BADAUD.............. Parisien.

FRANÇOIS............... Son Neveu.

LE PÈRE ANDRÉ.......... Vieux Polletais.

MARIE.................. Sa Fille.

GEORGES................ Son Fils.

Mᵐᵉ BONACCUEIL......... Aubergiste.

Polletais.

Dieppois.

La Scène se passe à Dieppe.

Le Théâtre représente une Place ; à droite, une Auberge avec des Tables devant.

UN JOUR A DIEPPE,

APROPOS-VAUDEVILLE.

SCÈNE PREMIÈRE.

Mme BONACCUEIL, *à la porte de son auberge.*

ALLONS, allons, mes enfants, n'épargnez rien un jour comme celui-ci !....

Air : Le bal, le bal, etc.

Buvez, buvez et buvez bien
   Pour célébrer la fête
     Qui s'apprête.
Buvez, buvez et buvez bien,
J'yends l'vin moins cher et j'donne le cidr' pour rien.
   Buvez à not' bonn' princesse,
   Buvez à ses chers enfants,
   Sur tout dans vot' allégresse
   N'oubliez pas les absents. *(bis.)*

CHOEUR, dans l'auberge.

Buvons, buvons et buvons bien,
   Pour célébrer la fête
     Qui s'apprête.
Buvons, buvons et buvons bien,
L'vin est moins cher et le cidre est pour rien.

Mme BONACCUEIL.

Gaîment rapprochez vos verres,
Qu'j'entend' leur joyeux tintin,
Et pour des santés si chères
N'mettez pas d'eau dans vot' vin. *(bis.)*

(Ensemble).

LE CHOEUR.	Mme BONACCUEIL.
Buvons, buvons, etc.	Buvez, buvez, etc.

SCÈNE DEUXIÈME.

Mme BONACCUEIL, BADAUD.

BADAUD. *(Il a une longue vue, un parapluie et une valise sous le bras.)*

(Dans la coulisse.) LAISSEZ-MOI donc !.... que diable ! vous allez m'arracher !... *(En entrant.)* C'est vrai, ils sont tous là autour de moi... parc'qu'on est parisien, on dirait qu'on est une bête curieuse!... *(Se croyant seul.)* Ah ! ça mais que vais-je devenir ?... Voilà deux heures que je cours les grands hôtels..... Il n'y a de place nulle part... Il faut que je me r'jète sur les hôtels de la p'tite propriété, autrement dit les auberges... Ah ! justement en voici une... *(Il va pour entrer.)*

Mme Bonaccueil.

Que demandez-vous, Monsieur ?

Badaud.

Une chambre, ma p'tite mère, une chambre.

Mme Bonaccueil.

J'en suis bien fâchée, Monsieur, mais il n'y en a plus.

Badaud.

Comment !... la p'tite propriété aussi va me fair faux-bond !... Je tremble d'être forcé de m'abaisse jusqu'au cabaret plébéïen... Quelle humiliation pou un bonnetier de la rue Quincampoix !

Mme Bonaccueil.

Dame ! écoutez donc, Monsieur, tout est plein c'n'est pas d'not'faute... d'ailleurs, dans une occa sion comme celle-ci, on peut ben s'gêner un peu.

Badaud.

Se gêner, se gêner, je n'demande pas mieux... mais je n'le serai pas du tout gêné, pour peu que j loge en plein air !...

Mme Bonaccueil.

C'pendant, si vous n'êt's pas trop difficile, il m reste encore un cabinet noir...

Badaud.

C'est-à-dire qu'il n'y a pas d'fenêtre ; c'est clair.

quand j'dis c'est clair, c'est une façon de parler...
Pauvre Badaud, toi qui étais accoutumé au lit de
quatre pieds et demi, à l'édredon de la Capitale, et
aux deux oreillers de rigueur... quelle position !...

AIR : *Nos maris en Palestine.*

J'en aurai la courbature,
Car d'ici je vois déjà
Lit de sangle et chambre obscure,
OEil de bœuf et cætera.....
Mais en pareill' circonstance,
Par tout on s'trouve à ravir,
Et l'on peut, j'dois en conv'nir,
Souffrir le jour de souffrance
Pour tant de jours de plaisir !

Mᵐᵉ BONACCUEIL.

Ainsi, vous acceptez donc mon cabinet ?

BADAUD.

Va pour le cabinet !... A la guerre comme à la
guerre !... *(Il donne ses paquets à Madame Bonaccueil.)* Voilà mes paquets et mon passeport...
voyez... Claude, Boniface, Badaud... Profession,
bonnetier... Taille, un mètre soixante-cinq centi-
mètres... J'en ai soixante-six... ils m'ont fait tort
d'un... j'réclamerai à mon r'tour... Front, sourcils,
yeux, nez, bouche, barbe, menton, visage, teint
ordinaires... tout ordinaire !... Je vous demande un
peu si ce n'est pas une injustice ?... C'est même très-
désobligeant... Mais c'est égal, maintenant que j'ai

fait élection de domicile, je m'en vais tâcher de voir la mer, car depuis deux heures que je me promène dans la ville, je n'ai pas encore vu une goutte d'eau!... Ah ! si fait... j'ai reçu une averse, et une fameuse !...

Mme BONACCUEIL.

Vous êt's pourtant descendu sur le port.....

BADAUD.

Eh ! ben oui, mais il n'y a rien dans vot' port.... Ça m'a fait l'effet du bassin de la Villette, quand on le construisait.

Mme BONACCUEIL.

C'est que la mer s'est retirée.

BADAUD.

Ah ! elle s'est retirée la mer ?.... Et est-elle allée loin, cette pauv' petite mer ?.

Mme BONACCUEIL.

Mais c'est la marée descendante, Monsieur.

BADAUD.

Ah ! voilà..... R'viendra-t-elle bientôt, au moins ?

Mme BONACCUEIL.

Elle reviendra, elle reviendra à la marée montante.

BADAUD.

J'entends bien, j'entends bien..... Mais ça s'ra-t-il long ?..... C'est qu'je n'reste que quinze jours, voyez vous.

(10)

Mme BONACCUEIL.

Oh ! soyez tranquille alors..... vous avez l' temps.

BADAUD.

Tant mieux ! tant mieux !...... Mais à propos vos nouveaux bains..... C'est beau à c' qu'on dit... Hein?

Mme BONACCUEIL.

Vous en jugerez vous même.

AIR : *On prétend qu'il parcourt le monde.*

Des étrangers, la foule s'y rassemble,
Et de la France on y vient d'tout côté ;
Car on peut y trouver ensemble
Et les plaisirs et la santé.
Par le séjour de not' Princesse,
Ils acquièr'nt un' nouvell' valeur.
Plus tard, j'espère, ils f'ront notre richesse,
Ils font déjà notre bonheur !

BADAUD.

Il paraît au total que c'est un superbe établisse—ment..... Eh ! ben, j'irai les visiter vos bains..... je m' baignerai même..... mais pas dans un' baignoire, par exemple... C'est pas comme ça que je comprends le bain, moi..... en pleine eau, au large... à la bonne heure !... Avec ça que je suis de première force sur la natation : j'ai apporté mes lièges..... Au moins, quand j' serai r'venu à Paris, j' pourrai dire à toutes mes connaissances : j'ai vu la mer, je me suis baigné

dans la mer , j'ai fait ma coupe dans la mer, j'ai fait
ma planche dans la mer !... Ça humiliera le voisinage,
qui est totalement étranger à l'eau salée... et au fait...

Air : *Je loge au quatrième étage.*

En songeant à vos bains j'm'étonne,
Quoique j'en fass' le plus grand cas,
Que la Province ait d' l'eau si bonne,
Quand la Capital' n'en a pas.　　　(*bis.*)
De tels abus n'doiv't pas fair' planche,
Et j'espèr' que l'parti s'ra pris
De fair' faire un coude à la Manche,
Pour voir un bras d'mer à Paris.

Mme BONACCUEIL.

En attendant M'sieur , j'vais porter vos paquets
dans votre appartement.

BADAUD.

C'est-à-dire ma chambre noire...

Mme BONACCUEIL.

A cinq heures , la table d'hôte...

BADAUD.

C'est bon, c'est bon , j'ai du temps devant moi...
j'cours vîte sur la jetée... on dit qu'on y voit la mer
en bas de soi... et c'est à considérer, pour un bonnetier... J'vais donc voir la mer !... J'la verrai, j'la
verrai !...

SCÈNE TROISIÈME.

BADAUD, FRANÇOIS.

Badaud.

Eh ! mais... qu'est-ce qui vient là ?... Je n'me trompe pas... c'est mon neveu... c'est François Richard... c'est bien lui !

François.

Mon oncle à Dieppe ?...

Badaud.

Eh ! oui, vraiment... mais toi, je te croyais encore à Cherbourg ?... Tu as donc quitté la marine royale ?

François.

Oui, mon oncle, depuis la paix... et j'tiens maint'nant solid'ment à la terre... j'y suis amarré d'un' fièr'force, allez !

Badaud.

Comment dis-tu ?... Amarré ?... Qu'est-ce que ça veut dire ça ?... C'est d'l'Anglais... j'entends pas les langues étrangères, moi... fais-moi l'plaisir de t'expliquer plus catégoriquement.

FRANÇOIS.

Eh ! ben, c'est que j'suis amoureux, mon oncle, et d'la plus jolie fille !...

BADAUD.

Tiens... on est donc aussi amoureux... à Dieppe... Eh bien, mon garçon, il faut l'épouser, ta jolie fille.... Tu dois lui plaire... tu n'es pas mal non plus, toi..... Nous sommes tous beaux, dans la famille..... c'est dans l'sang..... Voyons, où en es-tu ?

FRANÇOIS.

Oh, j'n'en suis pas très-avancé...... l'vent est contraire.... L'vieux père de la petite Marie ne veut pas d'moi, sous prétexte que je ne suis pas assez riche.

BADAUD.

Vraiment ?.... Ah ça mais, comment diable aussi t'es-tu arrangé ?.... Tu viens de faire une campagne superbe, et tu n'as pas obtenu un grade..... tu viens du théâtre de la guerre, et tu n'as pas seulement rapporté une petite décoration.... cependant, tu t'étais distingué.

FRANÇOIS.

Eh ! mon Dieu, je n'en ai pas plus fait que mes camarades..... mon devoir, voilà tout.

Air : *Du Calife de Bagdad.*

Oui, j'ai rendu quelques services,
J'ai versé mon sang, mais enfin
D'aut's ont, comm' moi, des cicatrices,
D'l'honneur ils ont suivi l'chemin ;
D'ailleurs, pour chaque action r'nommée
Qu'ont fait' les soldats d' son armée,
Si le Roi d'Franc' les décorait,
J'crois que l'Ruban renchérirait.

BADAUD.

C'est ma foi vrai, c'qu'il dit-là.

FRANÇOIS.

Et vous, mon oncle, qu'êtes-vous venu faire à Dieppe ?

BADAUD.

Ma foi, mon garçon, je suis venu à Dieppe, par curiosité..... pour voyager..... Je n'étais jamais sorti de Paris, moi, tel que tu me vois.

FRANÇOIS.

Eh bien, comment avez-vous trouvé la route de Normandie..... Hein, les beaux points de vue ?

BADAUD.

Superbes, mon ami..... magnifiques.....j'ai dormi tout le temps.....

FRANÇOIS.

Et notre ville, mon oncle ?

Badaud.

Votre ville..... C'est gentil..... c'est gentil.... c'pendant , ça ne me fait pas l'effet d'être bien fort... la bâtisse est bien loin de celle de la rue de Rivoli..... Ça tiendrait plutôt de celle de la place Royale..... au Marais..... le Quartier arriéré de la Capitale..... Et les maisons des environs donc..... peintes en bleu et en blanc..... Comme çà..... on dirait des étoffes rayées à la mode..... En général, j'peux m'tromper ; mais j'crois qu'il n'y a pas grand'-chose d'extraordinaire dans l'endroit.

François.

Allons donc , mon oncle , j'vois ben que vous ne connaissez pas le pays.

Air : *Des Comédiens.*

Le voyageur doit, pour toute la vie,
Se rappeler qu'il vint dans nos climats ;
D'humanité, de gloire et d'industrie,
Un souvenir s'y trouve à chaque pas :
Dans tous les temps, une mer protectrice
Vint nous offrir ses trésors abondants ;
De notre port, bienfaisante nourrice ,
Dans les Dieppois elle a vu ses enfants.
Ils ont osé, sur un vaisseau fragile ,
Et les premiers s'abandonnant aux flots ,
Porter au loin, le nom de notre ville,
Et le donner à des climats nouveaux.
Notre Château, par ses vieilles murailles ,
Atteste encor notre gloire aujourd'hui .

(16)

Car ses créneaux, dans toutes les batailles,
Sur l'Océan ont vu fuir l'ennemi ;
Dans les champs d'*Arque*, au drapeau d'Henri-Quatre,
On vit jadis,
Nos aïeux réunis :
» *Ventre-saint-gris*, disait le diable à quatre,
» En les montrant, *voilà mes bons amis !*
Quand sur le port notre regard s'arrête,
Là, de *Bouzard* le pieux monument
Semble, aux Dieppois, dans un jour de tempête,
Dire : Imitez son noble dévouement ;
Dans tous les temps, si notre belle France
A dù son nom a des héros nombreux,
Sans la vanter, notre ville, je pense
A bien sa part de tant de noms fameux :
De Dieppe enfin la mer est le domaine,
Et dans ses murs fameux par nos succès,
On pourrait voir naître un nouveau *Duquesne*,
Pour illustrer le pavillon Français.....
Le voyageur doit, pour toute la vie,
Se rappeler, etc. etc.

BADAUD.

Ah dame, écoute donc, en ma qualité de parisien, je ne suis pas forcé de savoir mon Dieppe par cœur..... Maintenant, c'est bien différent, je vais me livrer immédiatement à un examen scrupuleux de toutes ces beautés locales..... (*Il prend des notes.*) C'est-à-dire que je vais me faire conduire partout par un petit Cicérone à cinquante centimes....., autrement dit un Guide âne.....

(*Ici, on entend crier les Polletais.*)

FRANÇOIS, *à part.*

Ah ! mon Dieu..... j'aperçois le père de Marie.....
Je ne veux pas me trouver avec lui..... retournons
au Port.....

(Il sort sans être vu de Badaud.)

SCÈNE QUATRIÈME.

BADAUD, *seul.*

(*Après avoir écrit.*) LA..... je viens de tout noter
sur mon calepin..... En aurai-je des histoires à ra-
conter, rue Quincampoix..... toujours pour humi-
lier le voisinage..... et s'ils ne veulent pas me croire,
je leur dirai : allez y voir..... Dis donc, François.....
Eh bien, où est-il donc ?... François..... François.....

SCÈNE CINQUIÈME.

BADAUD, LE PÈRE ANDRÉ, MARIE, GEORGES, POLLETAIS, POLLETAISES.

CHOEUR.

AIR *d'Heudier.*
Nous voilà,   *(bis.)*
Not' bonn' Duchess' nous verra ;
Nous voilà,   *(bis.)*
Pour elle nous s'rons toujours là.

LE PÈRE ANDRÉ.

J'étais en mer, loin du port,
Et ben vît' j'ai viré de bord;
De Terr'-Neuve, pour voir ses traits,
Moi, j's'rais r'venu tout exprès.....

CHOEUR.

Nous voilà,   *(bis.)*
Etc., etc..........

BADAUD.

Ah, mon Dieu! qu'est-ce que c'est que ces figures-
là?... Est-ce que çà serait, par hasard, des habitants
des îles Sandwich?...

LE PÈRE ANDRÉ.

Vous n'y êtes point... nous sommes du Pollet...

BADAUD.

Du Pollet?..... Quand j'disais qu'c'étaient des
étrangers.....

GEORGES.

Des étrangers..... vous n'y êtes point core.....
j'sommes Français.....

LE PÈRE ANDRÉ.

Et des bons... j'm'en vante, dà.....

BADAUD.

Ah! vous êtes Français..... Et de quel diable de
département êtes-vous?

GEORGES.

Et de c't'ici, donc...

BADAUD.

Du département de c't'ici?...

GEORGES.

Et oui... du faubourg d'Dieppe.

BADAUD.

Ah! j'y suis... C'est un faubourg, le Pollet... j'suis ben aise de savoir çà... Et y a-t-il long-temps qu'il est établi?

LE PÈRE ANDRÉ.

D'puis qu'la mer est sur nos côtes, j'crais...

BADAUD.

Alors, il doit y avoir quelques années. *(A Georges.)* Dis-donc, p'tit homme, qu'est-ce que t'as là dans ton panier?

GEORGES.

Des coquillages que j'ons ramassés au bas des falaises.

BADAUD.

Voyons donc çà..... Tiens, en v'là deux beaux que j'pourrais faire monter en pendants d'oreilles pour madame Badaud, ma chaste épouse... Combien vends-tu çà?

GEORGES.

Çà s'ra cent sous pour les deux, M'sieur.

BADAUD.

Cent sous?

GEORGES.

Oh! c'est parce que c'est vous, au moins.....

BADAUD.

Va donc te promener, petit farceur..... Il paraît que tu ne donnes pas tes coquilles, toi...... *(Au Père André.)* Ah çà, vous, papa, qu'est-ce que vous faites dans vot' Pollet?

LE PÈRE ANDRÉ.

Eh! mon Dieu, j'sommes pêcheux, d'père en fils.....

BADAUD.

Moi aussi, j'suis pêcheur..... pêcheur-amateur..... par exemple..... J'ai apporté mes lignes volantes, pour pêcher des sardines..... Si vous voulez, nous irons ensemble.....

LE PÈRE ANDRÉ.

Allons donc, Monsieur, vous voulez vous gausser de nous..... C' n'est point comme çà qu'çà s'prend, l'poisson..... Il faut aller en mer..... bé loin..... bé loin.....

BADAUD.

Oh! alors, j'aime mieux rester sur la terre.....

c'est le plancher..... des..... personnes prudentes.....
le plancher le plus solide..... Toute réflexion faite ,
vous n'avez pas-là un bon métier..... Si j'étais à
vot' place , je renoncerais à la mer..... n'y a pas
d'l'eau à boire..... Ah ! ah ! ah !....

Le Père André.

Renoncer à la mer.....Oh ! que nanni, jamais.....
quoique j'soyons, comme mon bâteau..... un peu
avarié par la quille.....

Air : *La seule promenade qu'a du prix.*

La mer, voilà notre élément ,
Vive la marée et le vent!
Voiles dehors et rame en main ,
Gaîment suivons notre chemin !.....

D'mon vaisseau la base est mobile ,
Et les vagu's le font balancer ;
Mais combé d'gens, même à la ville ,
Qui n'savent pas sur queu pied danser...
La mer, voilà, etc. , etc.

Pendant un an, quand faut attendre ,
Pour récolter fruits et moissons ,
J'nons qu'à nous baisser pour en prendre...
C'est pour nous qu'Dieu fit les poissons...
La mer, voilà, etc. , etc.

Bref, sans les viv's qu'il faut bé faire ,
J'serions pour vous des étrangers ;
Car je n'trouvons d'bon sur la terre
Que l'eau douce et les boulangers...
La mer , voilà, etc., etc.

(A chaque couplet, les Polletais répètent le refrain en cœur.)

BADAUD.

Ah çà, mon brave homme, vous êtes donc venu
à la fête aussi ?....

LE PÈRE ANDRÉ.

J'crois bé..... j'en avions jamais vu d'pus belles.....
Est-ce que vous croyez que j'n'aimons point not'Princesse autant qu'les autres ?

MARIE.

Et son fils donc..... qu'est-ce qu'il ne l'aimerait
pas ?

AIR *du nouveau Seigneur.*

Objet d'amour et d'espérance,
J'suis sûr que cet Enfant chéri,
Un jour doit offrir à la France
Le règne d'un autre Henri :
Ce jeune Prince aura, je l'espère,
Tout's les vertus, tous les droits réunis,
Si du moins on peut, par la Mère,
Juger de c'que doit êtr' le Fils.

LE PÈRE ANDRÉ.

Bien, ma bonne petite Marie...... tu parles-là
comme je pensons tous.....

BADAUD, *à part.*

Marie..... est-ce que, par hasard, çà s'rait celle
dont François me parlait..... En effet, l'signalement
s'y trouve.... elle est jolie...... Dites donc, estimable

Polletais..... Vous ne savez pas, je suis l'oncle de mon neveu..... et mon neveu est amoureux de votre fille.....

MARIE.

Comment, Monsieur, vous êtes l'oncle de M. François ?

BADAUD.

Oui, mon enfant..... (*A lui-même.*) J'étais bien sûr que c'était çà..... j'suis physionomiste, moi..... (*Haut.*) En arrivant ici, il est bon de vous dire que je lui ai offert.....

LE PÈRE ANDRÉ.

Une dot ?....

BADAUD.

Non, non, ... mais mon amitié, mes conseils et mes services.

LE PÈRE ANDRÉ.

Pas davantage. Eh ! ben alors, j'en sommes ben fâché..... François est un bon enfant..... mais faut au moins qu'il ait de quoi s'établir.....

BADAUD.

Allons, vous ne voulez pas d'lui. Eh ben ! vous avez tort. Du moins on ne pourra pas m'accuser d'égoïsme..... j'y ai mis du mien.....

LE PÈRE ANDRÉ.

Ah! çà, Monsieur, il faut que je vous quittions,

pour aller au-devant d'not Duchesse , et chanter sur son passage.

BADAUD.

Comment..... vous allez chanter, vous autres,..... j'parie qu'vous n'savez pas seulement une note de musique : ut , ré, mi , fa, sol , la si ut , ut, ut , faites donc çà..... hein !.... Vous ne pourrez jamais , j'en suis sûr.....

LE PÈRE ANDRÉ.

Qu'est-ce que çà fait donc , çà ?

AIR : Amis , voilà la riante semaine.

A sa manière chacun rend son hommage ,
Mais c'est toujours sur l'cœur qu'il faut compter ;
Nous n'avons pas grand mérite en partage ,
Mais çà doit-il nous empêcher d'chanter :
Pour célébrer cett' famille chérie ,
Chantons toujours , n'importe sur quel ton ;
Si , dans nos voix n'y a pas trop d'harmonie ,
Nos cœurs , du moins , sont tous à l'unisson.

TOUS.

Si , dans nos voix , etc.

BADAUD.

Au fait , vous avez raison..... Moi, je m'en vais toujours chercher mon guide-âne pour commencer ma tournée maritime.....

SCÈNE SIXIÈME.

———

LES PRÉCÉDENTS *excepté* BADAUD, Mme DE ROSAY.

LE PÈRE ANDRÉ.

Ah ! mon Dieu, v'là..... cette bonne Dame qu'est allée à Rouen..... pour voir plutôt notre bonne Duchesse..... Sans doute, elle va nous donner des détails..... Laissez-moi lui parler, vous autres. (*Ils saluent tous.*)

Mme DE ROSAY.

Bon jour, bon jour, mes amis.....

LE PÈRE ANDRÉ.

Eh ! ben, not'bonne dame, vous avez été pus heureuse que nous... vous l'avez déjà vue, celle que nous aimons tous..... Si vous vouliez nous faire un grand plaisir, vous nous raconteriez comment qu'tout çà s'est passé là-bas.....

Mme DE ROSAY.

Bien volontiers.

AIR *de Blanchard.*

Sur son chemin, dans cet heureux voyage,
A chaque pas elle trouvait des fleurs ;
Des cris d'amour saluaient son passage,
Et pour cortége elle avait tous les cœurs.

Le moissonneur, que sa présence attire,
Accourt joyeux sur le bord de son champ ;
A ses transports elle donne un sourire,
Dans sa chaumière il retourne content.
Là, de Paris, une Cité rivale,
Par son séjour un instant s'embellit ;
Elle croirait revoir la Capitale,
Puisqu'on la fête autant qu'on la chérit.
Le commerçant qui dote sa patrie,
A ses côtés par son ordre est admis.
Ah ! se dit-elle, honorons l'industrie,
Car l'industrie honore ce pays.
Mais elle part... La foule qui l'escorte,
Avec regret sur les eaux la voit fuir ;
Dans ses détours, le fleuve qui l'emporte,
Semble vouloir encor la retenir.
Là, des troupeaux, les toisons façonnées,
D'arceaux pompeux couronnent les hauteurs ;
D'un drap brillant, des colonnes ornées
Frappent les yeux de leurs riches couleurs ;
Partout, enfin, on lui rendait hommage,
Et pour la voir tout était oublié.
L'homme opulent venait en équipage,
Et l'indigent faisait la route à pié.
Chacun son tour, s'écrie avec ivresse,
Un bon Normand, en contemplant ses traits.
« S'ils n'nous avaient pas cédé not' Princesse,
» Aux Parisiens j'allions faire un procès. »
Chez nous daignant accepter un asyle,
Nous la voyons enfin elle est ici.....
Henri disait : « Dieppe est bonne ville ! »
Puisse sa fille en dire autant que lui !

LE PÈRE ANDRÉ.

Comment... elle est arrivée... Ah ! mon Dieu, les autres vont nous avoir devancés... Courons... courons bé vîte...

CHOEUR.

AIR : *Trou là, là.*

Nous voilà, nous voilà,
Notr' bonn' Duchess' nous r'cevra ;
Nous voilà, nous voilà,
Etc., etc..........

(*Ils sortent tous, excepté Marie et Mme De Rosay.*)

SCÈNE SEPTIÈME.

Mme DE ROSAY, MARIE.

Mme DE ROSAY.

PARDON, ma chère amie, j'ai quelque chose à vous demander...

MARIE.

A moi, Madame ?

Mme DE ROSAY.

Oui... dites-moi, ne connaissez-vous pas dans le pays un jeune marin nommé François Richard.

MARIE, *vivement.*

François ?... Oui, Madame.

Mme DE ROSAY.

C'est un honnête garçon , m'a-t-on dit ?

MARIE.

Oh ! le plus honnête garçon du port !... Il est brave,
généreux, plein d'honneur !...

Mme DE ROSAY , *souriant.*

Pourquoi rougir en faisant son éloge ?...Vous vous
intéressez donc bien vivement à lui ?...

MARIE.

Je crois qu'il le mérite.

AIR de Paris et le Village.

> Par lui vingt fois des malheureux
> Ont été sauvés du naufrage ;
> Le peu d'bien qu'il reçut des Cieux
> Avec le pauvre il le partage.
> Son nom tous les jours est béni ,
> Chacun le chérit à la ronde.

Mme DE ROSAY.

> J'entends... et vous l'aimez aussi
> Pour faire comme tout le monde ?

MARIE.

Oui , Madame.

(29)

Mme DE ROSAY.

Et vous paie–t–il de retour ?...

MARIE.

Il me l'a dit, et je le crois.

Mme DE ROSAY.

Alors nous verrons bientôt votre noce ?

MARIE.

Oh ! non... pas de sitôt... Apprenez, Madame, que François n'est pas riche... et tant qu'il n'aura pas la place qu'il a demandée, mon père ne veut pas consentir à notre mariage...

Mme DE ROSAY.

Et maintenant, quel est votre espoir ?...

MARIE.

J'n'en ai plus qu'un, c'est d'm'adresser à not' bonne Princesse.

AIR *du premier Prix.*

On dit qu'sa bonté plus qu'humaine
Devin' le s'cret des malheureux ;
Ell'saura donc d'viner ma peine,
Et daign'ra combler mes vœux.
Toujours près d'elle la souffrance
Trouve un appui consolateur :
On l'aborde avec l'espérance,
On la quitte avec le bonheur.

Mme De Rosay.

Vous avez raison, mon enfant, et j'espère que vos pressentiments ne seront pas trompés.

Marie.

Madame... le voilà... C'est lui... c'est François... *(à François.)* Mais arrivez donc, Monsieur, Voilà un'dame qui veut vous parler !....

SCÈNE HUITIÈME.

Les mêmes, FRANÇOIS.

François, *saluant d'un air gauche.*

Vous me d'mandez, Madame..... Pardon, je n' crois pas avoir l'honneur d' vous connaître.

Mme De Rosay.

Il est vrai..... mais je vous connais, moi..... Vous avez quitté depuis peu la marine royale... n'est-ce pas ?

François.

En effet..... j'ai obtenu mon congé.

Mme De Rosay.

Vous fesiez partie de la flotte française..... lors de la prise de Cadix ?.......

(31)

FRANÇOIS.

Oui, Madame..... et j'en suis fier.....

Mme DE ROSAY.

Dans le fort du combat..... un officier ne dut–il pas
la vie à votre dévouement ?

FRANÇOIS.

C'est possible.....

Mme DE ROSAY.

Auriez-vous déjà oublié cette journée ?

FRANÇOIS.

L'oublier....... oh ! non....... elle était trop belle
pour ça.....

AIR *du Vaudeville des Blouses.*

Ce souvenir de bonheur et de gloire
Sera toujours gravé dans notre cœur.....
Car un soldat conserve la mémoire
Du premier jour où son bras fut vainqueur.
Depuis long-temps nous r'gardions sur la plage
L'drapeau français s'avancer triomphant,
Nos matelots demandaient l'abordage
Et maudissaient la consigne et le vent.
Enfin, l'signal nous est donné d' la terre,
Chaque marin le salue à grands cris,
Et le Ciel mêm', qui nous devient prospère,
Guide nos mâts vers les forts ennemis :
Un nuage épais de fumée et de poudre

En un instant nous environne tous.
Le canon gronde, on croit entendr’ la foudre,
Et l’on dirait que Dieu combat pour nous.
Un brave alors, n’écoutant qu’ son courage,
Vent de plus près attaquer l’ennemi :
Le premier de tous, il saute à l’abordage ;
Moi, je le suis, et je saute après lui.
De tous côtés on l’entoure, on le presse,
Et de blessés il a couvert le pont...
Mais sur sa tête un fer bientôt se dresse,
Je me présente et j’ pare... avec mon front.
Je tomb’ soudain blessé, presque sans vie,
N’espérant plus qu’un trépas glorieux,
Quand, près de moi, de toute part on crie :
France ! Victoire !!... et je rouvre les yeux.
Mon sang coulait, je souffrais sans murmure ;
Je v’nais d’sauver un brave à mon pays,
Et j’étais fier alors de ma blessure.....
Car, devant moi, j’voyais fuir nos enn’mis.....

Ce souvenir de bonheur et de gloire
Sera toujours gravé dans notre cœur...
Car un soldat conserve la mémoire
Du premier jour où son bras fut vainqueur.

Mme De Rosay.

Et vous n’avez jamais cherché à savoir le nom de celui que vous avez sauvé.

François.

Et, mon Dieu, à quoi bon ?.... D’ailleurs, je ne lui ai pas rendu-là un si grand service..... et ce que j’ai fait pour lui, sans doute il l’aurait fait aussi pour moi.

Air : *Un Page aimait la jeune Adèle.*

Tout est égal, gloire, danger, courage,
Pour ceux qui s'batt'nt sous le même étendard.
Dans un assaut, ou dans un abordage,
La Mort toujours vient frapper au hasard.
Sans distinction de titres ou de grades,
Lorsque l'instant de vaincre est arrivé,
Tous les braves sont camarades,.....
Notre Prince nous l'a prouvé.

Mme DE ROSAY.

Je suis contente de vous, François, ... vous méritez bien l'intérêt qu'on vous porte ;..... j'ai su que vous sollicitiez une place; .... j'ai eu le bonheur de l'obtenir pour vous, ... voilà votre nomination....

(Elle lui remet un papier.)

FRANÇOIS.

Mais, Madame, qu'ai-je donc fait pour mériter tant de votre part ?....

Mme DE ROSAY.

Ce que vous avez fait ?.... L'officier à qui vous avez sauvé la vie..... est mon frère..... et j'ai voulu acquitter envers vous sa dette et la mienne.

(Ensemble.)

Air : *De Rossini.* (Valse du Barbier.)

Plus de tristesse,
Ah ! quelle ivresse,
Livrons nos ⎱
Livrez vos ⎰ cœurs à l'allégresse.

Plus de tristesse,
Ah ! quelle ivresse,
Ce beau jour

Couronn' { notre / votre } amour.

~~~~~~

SCÈNE NEUVIÈME.

———

LES MÊMES, LE PÈRE ANDRÉ, GEORGES, Mme BONACCUEIL, POLLETAIS ET POLLETAISES.

MARIE, *allant au-devant de son Père.*

Ici, ben vîte, accourez donc, mon père ;
Rien désormais ne s'oppose à nos vœux.

(Montrant François.) { Il a sa place et bientôt, je l'espère,

Ensembl', tous deux,
Nous allons être heureux.

(Reprise générale.)

Plus de tristesse,
Ah ! quelle ivresse, etc.

LE PÈRE ANDRÉ.

MAIS à qui donc devons-nous ce bienfait-là ?

Mme DE ROSAY.

A une personne qui ne laisse jamais le mérite sans récompense..... et le malheur sans secours..... Je ne puis la nommer..... Mais vous la devinerez sans doute.
~~~~~~

Air : *En amour comme en amitié.*

Passant sa vie à combler tous les vœux,
Des malheureux elle est la providence,
Et sait, en faisant un heureux,
Pour en doubler le prix, cacher sa bienfaisance ;
Mais aux yeux d'un monde importun,
A la soustraire en vain elle s'attache...
C'est une fleur qui sous l'herbe se cache,
Et se trahit par son parfum.

SCÈNE DIXIÈME ET DERNIÈRE.

Les mêmes, BADAUD. (*Il arrive tout mouillé.*)

BADAUD.

Ah !... Enfin, j'ai vu la mer... Dieux que c'est beau la mer... quel coup-d'œil... Quoique çà, au premier aspect, ... çà vous présente quelque chose quelque chose..... de vague..... Cependant, je me suis risqué..... J'ai été en rade..... sur une chaloupe..... Ils me disaient tous que je n'avais pas le pied marin ; pour leur prouver le contraire, ... j'suis monté à califourchon sur le petit mât... qu'est penché en avant... vous savez..... Alors..... patatra..... j'suis tombé..... Ah ! ah! ah ! ah !.... j'suis tombé la tête la première... mais heureusement un pêcheur qui s'trouvait-là.....a jeté ses filets..... et il m'a repêché tout d'suite.....

avec des limandes..... Ah! ah ! ah ! ah !.... il n’y
paraît plus.....

FRANÇOIS.

C’pendant , mon oncle , vous avez dû boire un
peu.....

BADAUD.

Moi..... du tout..... du tout..... Sitôt que je me
suis vu dans la mer..... j’ai fermé tous les pores.....
tiens, comme çà.... (*Il se bouche le nez, et il ferme
la bouche.*) Malgré çà..... c’est un peu amer.....
poua!.... (*Haut.*) Ah ! mon Dieu..... qu’est-ce que
je sens-là..... dans ma poche..... çà m’pince !....
Aye , aye , aye.....

Mme BONACCUEIL.

Quoi donc Monsieur Badaud ?....

BADAUD, *tirant un petit homard de sa poche.*

Dieu me pardonne..... c’est un homard..... un
tout jeune..... Pauvre petit..... est-il gentil !.... fai-
tes-moi cuire ce gaillard-là , Mme Bonaccueil.....
Allons , allons..... j’suis un peu mouillé , fatigué ,
je dormirai mal..... mais c’est égal..... je me suis
bien amusé..... (*A François.*) Ah çà ! maintenant,
je vais m’occuper de toi, mon garçon....

FRANÇOIS.

C’est inutile , mon oncle , apprenez que nous

sommes tous heureux..... et que c'est à not' bonne Duchesse que nous d'vons not' bonheur....

BADAUD.

Eh ben, çà n'métonne pas..... A présen t, j'n'ai plus rien à désirer..... Mon n'veu est établi..... moi j'ai vu la mer..... et d'près encore..... (*Il tord le pan de son habit, et en fait sortir de l'eau.*) J'porterai des coquillages à ma femme ,..... un bilboquet d'ivoire à mon petit loulou..... et je m'souviendrai long-temps d'avoir passé..... une journée à Dieppe.

VAUDEVILLE FINAL.

MARIE.

AIR : *Tra, la, la; tra, la, la.*

DEPUIS long-temps not' Cité
Avait vu fuir la gaîté,
Mais not' Princesse a paru
Et l'plaisir est revenu :
    Çà va bien,   *(bis.)*
C'voyage là s'ra not' soutien;
    Çà va bien,   *(bis.)*
Ne désespérons de rien.

CHOEUR.

Çà va bien, etc.

LE PÈRE ANDRÉ.

Si l'canal s'finit un jour,
Nous pourrons tous, à not' tour,
A not' Duchess', mes amis,
Rendr' sa visite à Paris :
 Ça va bien, *(bis.)*
C'canal là s'ra not' soutien ;
 Ça va bien, *(bis.)*
Ne désespérons de rien.

CHŒUR.

Ça va bien, etc.

Mme BONACCUEIL.

C'lui qui, malgré des jaloux,
A fondé les bains chez nous,
Peut encor' nous enrichir :
L'passé répond pour l'av'nir.
 Ça va bien, *(bis.)*
C'Magistrat s'ra not' soutien : (1)
 Ça va bien, *(bis.)*
Ne désespérons de rien.

GEORGES.

Aux Parisiens j'donn' souvent
D'vieill's coquill's pour de l'argent ;
Ils sont si bons que j'pourrais
Leur vendr' jusqu'à des galets :

---

(1) *La ville de Dieppe doit l'établissement de ses bains de mer à*
M. le Comte DE BRANCAS, *Sous-Préfet.*

Çà va bien,   *(bis.)*
Les badauds sont not' soutien ;
Çà va bien,   *(bis.)*
Ne désespérons de rien.

CHŒUR.

Çà va bien, etc.

FRANÇOIS.

Lorsqu'un pauvre naufragé
Est près d'être submergé,
Chacun trembl', mais qu'nos mat'lots
Soudain s'élanc'nt dans les flots,
    Çà va bien,   *(bis.)*
L'dévou'ment est leur soutien :
    Çà va bien,   *(bis.)*
Ne désespérons de rien.

CHŒUR.

Çà va bien, etc.   *(bis.)*

BADAUD.

D'la nage depuis trente ans
J'apprends tous les mouvements ;
Je n'sais quand ça finira,
Mais pour la brasse déjà,
    Çà va bien,   *(bis.)*
Les lièges sont mon soutien ;
    Çà va bien,   *(bis.)*
Ne désespérons de rien.

CHŒUR.

Çà va bien, etc.

Mme De Rosay *au Public.*

Les auteurs de ces couplets
Ne sont pas rassurés...; mais
Si celle qu'on fête ici
A leur hommage a souri ,
   Çà va bien ,   *(bis.)*
Ce sourir' s'ra leur soutien ;
   Çà va bien ,   *(bis.)*
Ne désespérons de rien.

CHŒUR.

Çà va bien , etc.   *(bis.)*

FIN.